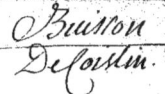

I

REQUESTE

PRESENTE'E au Conseil par les Adjudicataires des Bois de l'Evêché de Metz, en cassation du Jugement rendu par les Officiers de la Reformation des Bois dudit Evêché.

SUR la Requête presentée au Roy en son Conseil par François Buisson, Adjudicataire des trois, quatre & sixiéme coupes, & du quart de reserve de la Forêt de Remilly, appartenante à l'Evêché de Metz, & Consors, cautions & associés à l'exploitation desdits Bois : CONTENANT, qu'ils sont obligés de reclamer l'autorité de Sa Majesté, contre un Jugement rendu le 12 Octobre 1740. par les Sieurs Commissaires établis pour la reformation des Bois de l'Evêché de Metz par Lettres Patentes de Sa Majesté des 7 Avril 1736. & 9 Octobre 1737. lequel Jugement renferme dans ses dispositions l'injustice la plus criante, & les contraventions les plus manifestes aux Ordonnances; & comme les progrès & l'évenement de cette reformation ont attiré l'attention de toute la Province, sa decision en est plus digne de celle de Sa Majesté. Pour reprimer les abus que l'on voudroit tirer de l'autorité que Sa Majesté a confiée à ces Commissaires, le récit sommaire du fait, tel que les circonstances infinies qui concernent cette affaire peuvent le simplifier, servira à developper l'injustice du Jugement contre lequel les Supplians reclament, les contrarietés & les contraventions qu'il contient dans ses dispositions qui doivent en operer la cassation. Il est donc necessaire d'observer pour l'intelligence du fait, que les Bois de la Châtellenie de Remilly, dépendans du Domaine de l'Evêché de Metz, consistant en 3569 arpens 61 perches distribués en quatre cantons, sont sujets aux usages de plusieurs Villages, dont les Habitans ayant abusé depuis long-tems par la dissimulation ou connivence des Officiers de la Gruerie de Remilly, ils se trouvoient reduits à un état de degradation presqu'irreparable, lorsqu'en 1725. le feu Sieur Duc de Coislin, Evêque de Metz, entreprit de faire proceder à leur reformation, qui commença par un Procès verbal du 7 Novembre, clos le 21 Decembre de la même année, par lequel le Sieur Grinsard, lors Maître Particulier de la Maîtrise des Eaux & Forêts de Metz, constata *que ces Bois étoient épuisés & degradés de toutes les façons, que l'essence du taillis étoit, ou plûtôt »* (ce sont ses ex-
» pressions) fut il y avoit 25 ou 30 ans Chênes, Hêtres, Charmes mêlés de
» Tilleuls & Trembles, & que sans quelques bouquets ou filets de Hêtres
» de peu de consequence épars sur la tête de la Forêt, il est vrai de dire qu'elle
» étoit generalement parlant sans aucuns taillis, les restans, nains, abroutis
» & de nulle valeur, étant une preuve de l'ancienne & criminelle intelligence
» des Gruyers de Remilly, avec les usagers & autres voisins de la Fo êt, qui
» en ont procuré la ruine par les bestiaux qu'ils y avoient fait entrer lors des
» coupes, & avant que le rejet en fût défensable; qu'à l'égard de la futaye,
» elle étoit composée, arpent commun, d'une vingtaine de filets de Chênes
» de l'âge depuis soixante jusqu'à cent vingt ans, dont les trois quarts dépe-

A

» riſſans, couronn.s, & houpés ou ébranchés, & d'une pareille quantité d'au-
» tres depuis trente juſqu'à ſoixante ans, tous malvenant, nains & rabou-
» gris, & de quelqu'un au-deſſous de cet âge, ſans avoir dans tout le cours
» de ſa viſite trouvé un ſeul arbre dont on pût faire une piece principale de
» bâtiment. Outre ces obſervations, le Sieur Grinſard en fit encore d'autres
» également importantes, & que les Supplians ont un interêt ſenſible de ne pas
» obmettre; c'eſt que dès-lors on reconnut des places vaines & vuides ſans
» nombre, ainſi que la preuve de la prévarication des Officiers de la Gruerie de
» Remilly, qui n'y avoient jamais fait aucune coupe en regle ni ordre de Grue-
» rie, mais ſimplement en jardinant par choix de filets & par cantons, & par-
» mi une infinité d'autres deſordres; *que l'on avoit affermé* tous les ans la vaine
» pâture à toutes les Communautés voiſines, ſans reſerve ni exception de
» canton; d'où il eſt arrivé que toutes les coupes faites en une année ont tou-
» jours été abrouties ou dans la même, ou dans la ſuivante, ce qui a formé
» ces grandes & continuelles chambres qui ſont de tous côtés. » Tel étoit
l'état de la Forêt de Remilly lorſque l'on proceda à la vente & adjudication
des Bois en execution d'un Arrêt du Conſeil du 24 Août 1728. par lequel
Sa Majeſté ordonna ſur la Requête du feu Sᵣ Duc de Coiſlin, Evêque de Metz,
que ces Bois ſeroient reglés & diviſés en vingt-cinq coupes ordinaires, après
que diſtraction auroit été faite du quart pour être mis en reſerve; que le tout
en ſeroit néanmoins exploité, à charge que ſur chacun arpent des coupes
ordinaires, il ſeroit annuellement marqué par le Garde-Marteau de la Maî-
triſe de Metz, quatre anciens, huit modernes, & vingt balliveaux de l'âge
du taillis, pour être reſervés, & le ſurplus des arbres qui s'y trouveroient
exploités avec le taillis; que dans le quart de reſerve il ſeroit marqué ſur
chacun arpent huit anciens, douze modernes & trente balliveaux, & le ſurplus des arbres avec le taillis qui ſeroit recepé, vendu & adjugé au plus
offrant & dernier encheriſſeur, à charge à l'adjudicataire d'en remettre le
prix ès mains du Receveur General des Domaines & Bois de la Generalité de
Metz, pour être employé au profit de l'Evêché. Buiſſon ſe rendit adjudicataire des troiſiéme, quatriéme & ſixiéme coupes, & du quart de reſerve les
16 Juin, 9, 16 Août, 13 Septembre 1729. & 4 Août 1732. à la charge de
vuider les coupes dans l'année ſuivante de l'adjudication, & de faire l'exploitation & vuidange du quart de reſerve dans l'eſpace de cinq années, étant de
645 arpens 34 perches, pour leſquels ſeuls les Supplians ont payé 82253 liv.
de prix principal; enſorte néanmoins que l'adjudicataire ſeroit tenu de couper & vuider dans quinze mois un quart au moins de l'objet de ſa vente, &
de faire enſuite proceder au recollement. Dès le 27 Juin 1731. les Supplians
furent obligés d'obtenir du Sieur Grand Maître des Eaux & Forêts du Département de Metz une prorogation de délai de deux ans de vuidange dès
Bois du quart de reſerve, ſur le motif de la cherté & diſette des vivres, des
fourages, & du déplacement du chantier qu'ils avoient établi près la Porte
des Allemands de la Ville de Metz, dont le terrain tomboit dans les nou-
velles fortifications; & l'année ſuivante les pluyes continuelles & la morta-
lité des beſtiaux qui ſurvinrent, les ayant mis hors d'état de faire la traite
de leurs Bois, ils demanderent audit Sieur Grand Maître une prorogation de
délai pour la vuidange des Bois coupés, & pour l'exploitation des Bois du
quart de reſerve qui étoient encore ſur pied; leur Requête fut communiquée
de ſon Ordonnance au Sieur Duc de Coiſlin, & ce Prelat, témoin des éve-
nemens qui y étoient rapportés, y donna ſon conſentement que ſa juſtice

exigeoit, & le retard demandé ne devant apporter aucun dommage à la Forêt, ledit Sieur Grand Maître accorda par Ordonnance du 24 Septembre 1732. une prorogation de deux années pour vuider les Bois alors coupés, & un délai de fix années pour exploiter & vuider par fixiéme, d'année en année, les Bois reftans fur pied, après lequel tems ils feroient confifqués, fans que cette prorohation pût reculer les payemens dont Buiffon étoit chargé, qui ne feroient pas moins faits à leur échéance. Les Supplians prefferent autant qu'il leur fut poffible la vuidange des Bois;il avoit déja été procedé les 18 Juillet & 27 Août precedens au recollement du Bois du Breuil, d'une partie du quart de referve & de la troifiéme coupe, par le Sr Maugienne, Lieutenant de la Maîtrife de Metz; & les Officiers de la Gruerie de Remilly avoient eux-mêmes recollé cette troifiéme coupe, & tout étoit en regle à cet égard, lorfque le Subftitut de cette Gruerie fomma les Supplians le 13 Novembre 1733. de faire recoller la quatriéme coupe; le Sieur Grinfard, Me Particulier, y procéda le 13 Février 1734. & recolla en même tems une partie du quart de referve : on fe conformoit ainfi de moment à autre aux conditions qui avoient été impofées à l'adjudicataire, & fi les Supplians n'avoient point été troublés dans leur exploitation, ils auroient fatisfait à toutes leurs charges, même à celles de la derniere prorogation; mais ils furent arrêtés au mois de Juillet 1734. par une faifie que fit le Subftitut de la Gruerie de Remilly de tous les Bois qui étoient fur la place, façonnés & non façonnés; ils interjetterent appel de cette faifie à la Table de Marbre, & en furcirent néanmoins la pourfuite, fur l'efperance dont on les avoit flatté, que le Sieur de Saint-Simon, fucceffeur du Duc de Coiflin à l'Evêché de Metz, prenant par lui-même connoiffance de l'état de la Forêt par toutes les pieces qui y avoient relation, termineroit un differend qui fembloit n'avoir d'autre fondement que le zele mal entendu de fes Officiers, au lieu de quoi après bien des délais que ce Prelat exigea d'eux, il prit le fait & caufe de fon Subftitut Intimé fur leur appel, & ils fe virent forcés d'en pourfuivre le Jugement, & de conclure à des dommages-interêts, & à ce qu'il leur fût accordé un délai de dix-huit mois pour faire la vuidange des Bois faifis, à ce que les dégradations, fi aucunes fe commettoient pour le tranfport du Bois, demeuraffent à la charge du Sieur Evêque de Metz, ainfi que le déchet par le déperiffement furvenu depuis la faifie. Les Officiers du Sieur Evêque de Metz fentant toute la juftice de cette demande, fe fervirent de fon nom pour interjetter un appel incident des deux Ordonnances de prorogation de délai, données par le Sieur Grand Maître, au moment que les Supplians fe propofoient de plaider leur appel de la faifie, & même de combattre à l'inftant l'appel incident; mais le Sieur Evêque ayant fait défaut le même jour de fon appel, il intervint le 23 Janvier 1736. un Jugement à la Table de Marbre, rendu par les Juges en dernier reffort, qui fans s'arrêter à l'appel incident, faifant droit fur le principal, prononça qu'il avoit été mal, nullement & incompetemment faifi, & en confequence adjugea au Suppliant toutes leurs conclufions. Ce Jugement fut fignifié le 6 Février fuivant, au Procureur du Sieur Evêque de Metz, & en vertu d'icelui les Supplians continuerent l'exploitation du quart de referve, qui fut encore arrêtée le 28 dudit mois par une nouvelle faifie des Bois façonnés, que fit le Subftitut de la Gruerie de Remilly, notoirement incompetent pour tout ce qui a rapport à la referve, & il fit défenfes de continuer l'exploitation. Les Supplians ne pûrent alors fe défendre de faire fignifier au Sieur Evêque de Metz le 3 Mars le Jugement du 23 Janvier precedent, & le même jour ils en obtinrent un autre, qui en recevant leur appel, leur fit par provision mainlevée de la faisie, & des défenses d'exploiter, sans préjudice du droit des Parties au principal, & à la caution juratoire de Buisson; & le 18 dudit mois il intervint un Jugement par défaut contre le Substitut de la Gruerie de Remilly, qui en faisant droit sur l'appel, convertit en définitive la mainlevée provisoire portée par le precedent; mais les Supplians jouirent peu de l'avantage de ces Jugemens, dont l'execution fut d'abord suspendue par les Lettres Patentes du 17 Avril 1736. portant établissement de la reformation generale des Bois & Forêts, tant du Domaine particulier que du Ressort des Grueries de l'Evêché de Metz, & quoique ces Jugemens n'ayent jamais été attaqués par les vóyes de droit, les Commissaires de la Reformation sans pouvoir & sans autorité legitime, ont entrepris de les anéantir dans une disposition de leur Jugement, dont on espere de démontrer ci-après l'incompetence & la nullité; ces Lettres Patentes furent donc adressées au Sieur Menin, Conseiller au Parlement de Metz, pour proceder avec deux Gradués tels qu'il voudroit choisir, au Jugement des abus, délits, usurpations, dégradations & malversations commis, soit par les Officiers, Gardes, Adjudicataires, Riverains & autres dans lesdits Bois, & juger le tout définitivement & en dernier ressort, tant en matiere civile en appellant deux Gradués seulement, qu'en matiere criminelle en appellant le nombre de Gradués requis par l'Ordonnance; le Sieur Mallet fut nommé Procureur General au fait de ladite reformation, & l'un & l'autre furent aurorisés par les Lettres Patentes à subdeleguer & commettre à leur place; le Sieur Menin ayant accepté cette Commission, il choisit pour Adjoints le Sieur Guerrier, Ancien Avocat du Roy au Bailliage de Metz, & le Sr Cabouilly, Avocat au Parlement, qui fut peu après remplacé par le Sr Jalquet, Avocat exerçant au Bailliage de l'Evêché de Metz à Wic. Le 31 Juillet 1736. le Sr Menin commença avec les Srs Guerrier & Jalquet la visite de la Forêt de Remilly, dont ils dresserent & signerent leur Procès verbal, clos le 2 Août suivant, & le 1er dudit mois le Sr Menin ordonna que les Officiers de la Maîtrise de Metz, & les Adjudicataires des coupes, seroient assignés pardevant lui dans les délais de l'Ordonnance, pour se voir condamner aux peines & amendes par eux encourues pour leur contravention à l'Ordonnance de 1669. & il permit au Substitut du Procureur General de la Reformation, de saisir & arrêter les Bois gissants; il fut sursis à l'exploitation de ce qui restoit à couper du quart de reserve, & la saisie fut interposée le 2 du même mois d'Août; alors les actes de la Reformation se suivirent de près; le Greffe de la Maîtrise de Metz fut dépouillé de tous les Procès verbaux d'assiettes, martellages & autres pieces concernant les adjudications & coupes. Le Substitut obtint dudit Sieur Menin permission d'informer des malversations reconnues dans les coupes ordinaires & dans la reserve; le Sieur Menin entendit quelques témoins, & les Supplians assignés à comparoir pardevant lui au 27 du même mois; il se trouva lorsque les Supplians se presenterent, qu'il avoit quitté la Ville de Metz dès le 21; ce qui fut constaté par un Procès verbal d'un Notaire, qu'ils firent signifier le 4 Septembre, & sans nouvelle assignation, ni qu'on leur eût denoncé que le sieur Menin avoit subdelegué le sieur Guerrier, celui-ci continua l'information, & le 4 Decembre il décerna differens decrets d'assigné pour être ouis contre les Officiers de la Maîtrise de Metz, & contre Buisson, Coullés, Gimel freres, & Grandjean Supplians; le lendemain il ordonna que leurs Facteurs seroient contraints à remettre leurs Livres & Registres au Greffe de la Reformation.

Dans

Dans ces circonftances les Supplians crurent pouvoir ufer de la voye de recufation que l'Ordonnance leur ouvroit, en recufant le fieur Guerrier debiteur du fieur Coullés l'un d'entr'eux, aux proteftations, en cas qu'il voulût
demeurer Juge, de fe pourvoir au Confeil pour faire juger la recufation ;
mais ce Juge ne s'abftint pas, il étoit *porté à plaire au fieur Evêque de Metz,*
& à remplir le projet de ce Prelat, ainfi que tous les autres Officiers de cette
Reformation. Comme les Supplians en ont acquis la preuve complette, il
reçut d'abord les interrogatoires des Supplians, fous les proteftations qu'ils
firent de ne comparoître que pour obéir à Juftice ; & quoique la recufation
propofée fût du chef du fieur Coullés, le decret d'affigné pour être oui, fut
le 17 dudit mois de Decembre converti à fon égard en ajournement perfon-
nel, auquel il ne tarda de déferer qu'autant qu'il étoit à Paris, où il fe munit
d'un furfis du fieur Menin, pour prévenir la converfion de ce fecond decret
en un autre de prife de corps. Telle étoit la fituation violente des Supplians,
lorfqu'ils eurent encore la douleur de voir que le Subftitut fe difpofoit à faire
vendre tous les Bois exploitez, & à leur enlever la feule efperance qu'il leur
reftoit de fatisfaire aux engagemens qu'ils avoient contracté envers un grand
nombre de creanciers pour payer le prix total de leurs adjudications, dont
ils ne devoient rien depuis long-tems. Les affiches furent repandues partout
pour annoncer cette vente, que le fieur Guerrier avoit ordonnée dès le 4
Decembre ; le 10 Janvier 1737. on vendit tous les Bois à charbon, & le 7
Février fuivant on dénonça aux Supplians que le même jour on procederoit
à la vente des autres Bois dans la Forêt de Remilly. C'étoit-là le grand projet du fieur Evêque de Metz dans l'entreprife qu'il a faite de cette Reformation, des frais de laquelle il comptoit fe redimer par le prix de ces Bois, &
les Commiffaires dont il a eu foin de faire le choix, ont parfaitement fecondé
fes intentions, ainfi que l'évenement le juftifie. Dans ces triftes circonftances les Supplians reclamerent la juftice de Sa Majefté, & prefenterent une
Requête au Confeil, par laquelle ils conclurent à ce que leurs adjudications
& les Jugemens de la Table de Marbre de Metz fuffent executez felon leur
forme & teneur ; ils demanderent la caffation de toutes les procedures faites
en la Reformation, & que le fieur Evêque de Metz fût condamné en leurs
dommages & interêts. Sa Majefté ordonna par Arrêt du 4 Juin 1737. que
leur Requête lui feroit communiquée, & il y répondit le 4 Novembre fuivant, en concluant à être mis hors de caufe, & que les Supplians fuffent
renvoyez à la Reformation pour y être jugez fur la demande du fieur Procureur General, & la procedure extraordinaire inftruite contr'eux ; & en effet
le fieur Evêque de Metz fut affez heureux pour être écouté, puifque par Arrêt du Confeil du 27 May 1738. il fut ordonné que les Lettres Patentes du
17 Avril 1736. feroient executées, & en confequence, que pour raifon des
faits dont il s'agiffoit, les Supplians feroient tenus de proceder en la Reformation, fuivant les derniers erremens, jufqu'à Jugement définitif & en dernier reffort. Dès le 9 Octobre 1737. & dans le cours de l'Inftance au Confeil, les fieurs Gallois & Guerrier avoient été fubrogez aux fieurs Menin &
Mallet par Lettres Patentes de Sa Majefté, pour continuer ladite Reformation,
au moyen de quoi le fieur Guerrier, qui n'étoit auparavant que le Subdelegué
du fieur Menin, devint directement Commiffaire, & il a enfuite procedé
au recolement de toutes les coupes de la Forêt de Remilly, avec le fieur
de Maifoncelle Procureur General de ladite Reformation, à l'effet de quoi
les Supplians ayant été affignez le 25 Octobre 1738. ils declarerent le 3

B

Novembre qu'avant d'y proceder c'étoit un préalable de faire juger la recufation propofée contre le fieur Guerrier, qui ne s'arrêta pas à cet acte, &
nomma d'office pour Soucheteur le nommé Richer, Charron à Chauville,
peu verfé dans la connoiffance du Souchetage, & ils commencerent le recolement à l'égard des Supplians le 22 dudit mois de Novembre, par la troifiéme coupe; la quatriéme fut vifitée le 27, la fixiéme le 29, une partie du
quart de referve le 2 Decembre, le Bois du Breuil le 12, une partie du quart
de referve le 16; & le 20 le fieur Procureur General ayant remontré que la
rigueur de la faifon ne permettoit pas de continuer les vifites, le fieur Guerrier les remit à un tems plus favorable, fans que depuis ce jour on en ait
fait aucune. Les Supplians n'y comparurent point, tant parce qu'ils ne crurent pas devoir reconnoître le fieur Guerrier pour leur Juge, que parce qu'ils
ne fe perfuaderent pas qu'en leur abfence l'état de leurs coupes dût paroître
different de ce qu'il étoit réellement, & penferent que s'il y avoit quelque
méprife, ils feroient toujours à tems de les relever. C'eft dans cette fituation
que par un Jugement du 9 Avril 1739. les Parties ont été reçues en Procès
ordinaire, les informations converties en enquêtes, & qu'en confequence
il a été permis à tous ceux qui avoient été decretez, de faire proceder à une
preuve contraire. Les Supplians qui n'avoient rien à craindre des informations, n'ont pas cru devoir ufer de cet avantage dans un fait, dont la verité
devoit être juftifiée par la reconnoiffance de l'état des coupes; ils fe font con-
tentez de reprocher un grand nombre de Témoins entendus dans l'information, ou parce qu'ils étoient leurs debiteurs, ou mandians, ou avoient été
repris en délit dans leurs coupes; ils ont obfervé qu'un même Témoin avoit
été produit deux fois: enfin on leur a donné copie des informations & de
leurs interrogatoires, & le fieur Procureur General leur a fait fignifier le 20
Juin 1739. fon requifitoire, dont les conclufions effrayantes furent la fuite de
fes operations, & de la paffion qui les guidoit; elles tendoient contre les
Supplians feuls à 413000 liv. de peines pecuniaires, à la confifcation des
Bois tant façonnez que de ceux reftans à exploiter, & les Commiffaires qui
ont jugé ne fe font pas beaucoup éloignez de la rigueur de ces conclufions,
dont les Supplians fe flattoient d'avoir demontré l'iniquité par une ample
Requête qu'ils firent fignifier le 18 Septembre 1739. pour réponfe à ce
monftrueux requifitoire, en prouvant par le fait & par le droit, 1°. Que le
fecret de leur affociation n'eft point un delit qui ait pû l'autorifer à conclure
en 1000 liv. d'amende. 2°. Qu'il n'y avoit point eu de monopole entr'eux
lors des adjudications, & qu'il n'y avoit pas lieu à l'amende de 3000 liv. &
à 15000 liv. pour tenir lieu de confifcation, à quoi il a conclu pour ce chef.
3°. Qu'il n'y a aucun dommage à leur imputer du retard de vuidange des
prétendus abroutiffemens, défaut de ravallement des vieilles fouches, & de
la vente de quelques arbres dans le taillis non exploité, qui ont fervi de pretexte à conclure en 2000 liv. d'amende. 4°. Qu'il y a dans chacune des coupes autant d'arbres de referve qu'ils ont été obligez d'en laiffer, & beaucoup
plus qu'il n'en a été marqué, par confequent qu'il concluoit injuftement en
187000 liv. d'amende, & 187000 liv. de reftitution pour prétendus balliveaux manquans. 5°. Enfin que les prorogations qu'ils ont obtenues, leur
ayant été accordées par un pouvoir & pour des caufes legitimes, il n'y avoit pas
matiere à confifcation. Il feroit inutile de rappeller ici tous les moyens folides
& évidens qu'ils ont établi dans cette Requête, ils fe contenteront de l'employer & de la joindre à la prefente, pour mettre Sa Majefté & Noffeigneurs

de son Conseil en état de juger du mérite de la défense des Supplians, & de l'injustice du Jugement, qui n'y a point eu d'égard, & ils se borneront à deduire leurs moyens de cassation qui doivent faire le principal objet de la presente Requête : mais avant d'entrer dans cet examen, il est necessaire d'expliquer dans quelles circonstances est intervenu le Jugement dont les Supplians se plaignent, quels sont les Juges qui ont fait l'instruction, & qui l'ont rendu, & quelles sont ses dispositions à l'égard de toutes les Parties. A l'égard des circonstances, l'on a déja vu dans le fait que le sieur Guerrier qui a fait toute l'instruction, avoit été recusé comme debiteur de l'un des Supplians, sans qu'il ait jugé à propos de s'abstenir, ni que les Commissaires ayent voulu prononcer sur la recusation proposée, quoique ce fût un préalable ; & comme dans l'instruction de la procedure intentée contre les Supplians, on y avoit compris tous les Officiers de la Maîtrise Particuliere des Eaux & Forêts de Metz, qui avoient eu part aux ballivages, recolemens & autres operations necessaires pour l'exploitation, le sieur Grinsard ancien Maître Particulier qui avoit recolé la quatriéme coupe, & contre lequel le sieur Procureur General de la Reformation avoit conclu à des amendes considerables, & à tenir prison pendant un an, s'étoit inscrit en faux contre le Procès verbal du Sr Guerrier & du sieur Maisoncelle, dernier Procureur General de la Commission du 15 Novembre & jours suivans 1738. & il avoit formé une recusation, dont les moyens étoient parfaitement établis contre ledit sieur de Maisoncelle. Les moyens de faux furent par un premier Jugement joints au principal, pour en jugeant y avoir tel égard que de raison. Quant aux Juges qui ont fait l'instruction, & qui ont rendu le Jugement dont il s'agit, indépendamment de ce qui concerne le sieur Guerrier en particulier, les Supplians presenterent une Requête le 10 Octobre 1740. contenant production nouvelle de deux pieces qu'ils venoient de recouvrer, par laquelle ils exposerent qu'ils étoient fondez à employer les mêmes moyens que le sieur Grinsard pour la recusation dudit sieur Maisoncelle, en ce qu'il avoit été défrayé par le sieur Evêque de Metz pendant tout son travail ; ce qui est prouvé par un extrait en bonne forme de l'inventaire des effets, titres & papiers du défunt sieur Mathis, Curé de Saint Simplice, dont il resulte deux choses également importantes ; la premiere, qu'il avoit été payé par le sieur Evêque de Metz jusqu'au mois de Decembre 1738. de la dépense faite en sa maison par l'ancien & le nouveau Procureur General de la Reformation ; la seconde, que par une Lettre écrite de Paris le 5 Juillet 1738. le sieur Evêque de Metz prioit ledit sieur Mathis de recevoir le Procureur General nouveau de la Reformation, au cas qu'il allât loger chez lui, & qu'il comptoit que ledit sieur Curé auroit attention de tenir un état du tems que ces Officiers mangeront chez lui, & de l'avertir quand il auroit besoin d'argent. Cette promesse a été effectuée, & se verifie par le Registre du sieur Mathis, portant qu'il a été payé par le sieur Evêque de Metz jusqu'en Decembre 1738. & le sieur de Maisoncelle n'avoit pas manqué d'aller loger chez lui. Il n'en falloit sans doute pas davantage pour faire rejetter toutes les operations du sieur de Maisoncelle. Quand au fond les Supplians n'auroient pas démontré par leur premiere Requête jusqu'à quel point il avoit abusé de sa Commission, de concert avec le sieur Guerrier, dans les differentes parties de leur Procès verbal de reconnoissance de l'état des coupes des Supplians, l'on ne peut disconvenir que devant tout Juge équitable, & qui n'auroit pas été aux gages du sieur Evêque de Metz, la representation de pareilles pieces n'eût fait rejetter toutes les operations de ces deux Officiers ; mais une Lettre écrite le 17 Juin 1736. par le sieur Abbé de la Richardie au sieur Abbé Broust, Agent general du sieur Evêque de Metz, dont copie collationnée par Fortier & Ballot Notaires au Châtelet de Paris, a été delivrée au Supplians le 19 Decembre 1740. après avoir été dûement contrôlée le 15, donne la preuve complette que tous les Commissaires de ladite Reformation étoient gens devouez au sieur Evêque de Metz, à ses gages, & qui n'ont agi que de concert avec lui. La lecture de cette Lettre suffira pour operer la preuve des conséquences que les Supplians en tireront en déduisant leurs moyens de cassation ; il est tems pour y parvenir de rapporter les dispositions du Jugement fulminant qui fut enfin prononcé le 12 Octobre 1740. & signifié le 18 du même mois au domicile du sieur Grandjean, l'un des Supplians, à la requête du sieur de Maisoncelle ; lesdits sieurs Commissaires faisant droit sur le tout, par un seul & même Jugement ont déclaré les moyens de faux proposez par le sieur Grinsard contre le Procès verbal du sieur Guerrier du 15 Novembre 1738. & jours suivans, impertinens & inadmissibles, & comme tels les ont rejetté du Procès, & condamné ledit sieur Grinsard en 300 liv. d'amende envers Sa Majesté, outre les 100 l. par lui consignez, qui demeureront acquises à S. M. & aux 2 s. pour livre desdites sommes ; ont condamné solidairement Buisson, Gimel freres, Coullés & Grandjean Supplians, Adjudicataires, Associez & Cautions, en 50 livres d'amende envers Sa Majesté, pour chacun de 1625 pieds d'arbres, anciens & modernes, que lesdits sieurs Commissaires declarent avoir jugé manquans dans les troisième, quatrième & sixième coupes de l'ordinaire dans la Forêt de Remilly, & dans les parties exploitées du quart de reserve de ladite Forêt, & en pareille somme de restitution envers le domaine de l'Evêché, montant lesdites amendes à 81250 liv. & la restitution à la même somme ; & aux deux sols pour livre desdites sommes ; plus en 2000 liv. de dommages-interêts envers le domaine de l'Evêché, pour prétendus défauts des ravallemens des anciens étocs, abroutissemens & autres mesus, & aux 2 s. pour livre ; ont declaré acquis & confisquez au profit de qui il appartiendroit, les bois gissans dans lesdites troisième, quatrième & sixième coupes, & du quart de reserve qui avoient été saisis par exploit du 2 Août 1736. ont renvoyé les sieurs Grinsard, Maugienne, Melard, Huot & Charo Officiers de la Maîtrise de Metz, des conclusions contr'eux prises par le Procureur General, avec injonction néanmoins aux Officiers de ladite Maîtrise, de se conformer à l'avenir plus exactement aux dispositions de l'Ordonnance de 1669. notammíent en ce qui concerne le martelage & recolement des ventes ; ont aussi renvoyé ledit Procureur General des conclusions contre lui prétendues indûement prises par les Supplians ; & ayant égard au Congé de Cour obtenu par la veuve Payot, lesd. Buisson, Gimel freres, Triste, Courard, Brissac freres & Toussaint, des exploitations de la première & deuxième coupe de l'ordinaire dans la Forêt de Remilly, par Baillard & de Laistre, Adjudicataires de la cinquième coupe de l'ordinaire de la même Forêt, & par Dieudonné Thomas, Adjudicataire des vingt-deux arpens de bois du Fey, lesdits Commissaires les ont renvoyé des conclusions & demandes du Procureur General, pour raison desdites exploitations, & pareillement renvoyé ledit Procureur General des conclusions contre lui prises ; ordonné que les Registres des Facteurs des Adjudicataires des troisième, quatrième & sixième coupes de l'ordinaire & du quart de reserve, qui avoient été deposez au Greffe

de

de la Reformation, feroient remis aux Adjudicataires, & fur toutes les autres demandes & conclufions du Procureur General & des Parties, les ont mis hors de Cour. Le furplus de ce Jugement qui paroît avoir été rendu & figné par les fieurs Gallois, Deüil & Boufquet, concerne la fuppreffion des Requêtes & Memoires du Sr Grinfard, & les condamnations particulieres prononcées contre lui, qui n'ont point de rapport aux Supplians. La premiere obfervation qu'il convient de faire fur ce Jugement, eft de dire que quoique les Lettres Patentes d'établiffement de la Reformation contiennent Commiffion pour juger en dernier reffort, il y a lieu de penfer que dans une affaire de cette efpece les feuls moyens tirez du mal jugé du fond, fuffiroient pour le faire reformer ; mais s'il faut abfolument des moyens de caffation, il en fournit de fenfibles & d'évidens ; on les a même prévus de la part des Juges, qui ont fait tous leurs efforts pour exciter les Supplians à fe pourvoir fimplement en moderation des peines prononcées contr'eux ; le Procureur General a porté l'indulgence jufqu'à leur dreffer un projet de Requête qui ne tendoit qu'à ces fins, & les Agens du fieur Evêque fe font donnez tous les mouvemens poffibles pour les déterminer à ce parti ; en cela on a facilement découvert, ce qui ne l'étoit que trop avant le Jugement, que le fieur Evêque de Metz n'avoit *penfé en obtenant la Reformation, qu'à fe procurer le prix des Bois coupez qu'il avoit faifi & fait vendre, & ceux qui étoient encore fur pied;* toutes les operations n'ont tendu qu'à ce but ; les Officiers de la Reformation lui étoient devouez, le Procureur General & le Greffier étoient défrayez à Metz à fes frais ; la preuve en étoit au Procès, on jugeoit bien qu'ils l'étoient ailleurs & dans leurs courfes, & cette preuve eft devenue encore bien plus pofitive à leur égard, & de tous les Commiffaires qui ont travaillé à cette Reformation, par la Lettre du dix-fept Juin mil fept cent trente-fix, écrite de la part du Sieur Evêque de Metz par fon Homme de confiance à fon Agent : (*Quoiqu'il paroiffe, eft-il dit, que le Roy agit de fon propre mouvement, vous devez bien fentir que cette operation a été requife par M. de Metz, & que tous les Officiers qui doivent y travailler, font tous portés à lui plaire, & à remplir fon projet.* Toute cette Lettre contient des leçons fur la conduite que l'on doit tenir avec eux, & la façon dont il doit être pourvû à leurs befoins. Le Sieur Guerrier avoit d'abord été recufé comme debiteur du Sieur Coulés, l'un des Supplians ; le Sieur Maifoncelle, Procureur General, l'a été depuis qu'on a decouvert qu'il étoit falarié par le Sr Evêque de Metz, & tous étoient de droit recufables ; le Sr Boufquet, ancien Avocat au Confeil, l'un des Gradués venus de Paris à Metz, a été choifi & envoyé par le Sr Evêque de Metz ; le Sr Deuil Avocat au Prefidial de Vitry, s'eft pareillement rendu à Metz pour affifter à ce Jugement, chargé pour la fimple ceremonie de faire le rapport fur un extrait de quarante-cinq rolles qui lui fut remis à fon arrivée, & qu'on lui enleva après le Jugement, fans qu'il ait pû en faire ufage, le Jugement ayant été rendu après trois féances, dont la plus longue a été à peine d'une heure : heureufes toutes les Parties, fi les deux autres Juges euffent été animés du même efprit que le Sr Deuil ! mais il a été forcé de ceder à la pluralité. Les faits ci-devant énoncés établiffent que le Sieur Evêque de Metz étoit intereffé dans cette affaire, qu'il étoit la veritable Partie des Supplians, & que c'étoit lui qui nourriffoit & payoit les Juges & les Officiers de la Reformation. L'Ordonnance de 1667. titre des recufations, article 9. porte que *le Juge fera recufable, fi lui ou fes enfans, fon pere, fes freres, oncles ou neveux, ou fes alliés en pareil degré, ont reçû quelque Benefice des Collateraux qui font parties ou intereffés dans l'affaire, pourvû que*

C

la collation foit volontaire; fi les Juges font recufables lorfque les neveux, & mê-me leurs alliés à ce degré, ont eu la collation volontaire de quelque Benefice de la part du Prelat intereffé dans l'affaire, ils le font fans contredit à bien plus forte raifon quand ils ont eux-mêmes reçû de l'argent de la Partie, & qu'ils en ont été nourris & défrayés. La même Ordonnance, article 17. du même titre, enjoint à *tout Juge qui fçaura caufes valables de recufation en fa perfonne, d'en faire fa declaration, fans attendre qu'on les propofe.* Les Commiffaires & le Procureur General de la Reformation ne pouvoient ignorer qu'ils étoient recufables, & qu'ils avoient en eux des caufes valables de recufation, puif-qu'ils étoient nourris aux dépens du Sieur Evêque de Metz, & qu'ils en étoient payés; ils étoient donc indifpenfablement tenus, aux termes de l'Or-donnance, de s'abftenir fans attendre qu'on les recusât; ils ont donc formel-lement contrevenu à cette Ordonnance; leur contravention eft d'autant plus marquée, qu'elle a été volontaire; ainfi elle eft évidemment inexcufable. Suivant l'article 24. titre 24. de l'Ordonnance citée, les Commiffaires étoient obligés de prononcer fur la recufation qui avoit été propofée contre le Sieur Guerrier; c'étoit un préalable qu'ils devoient remplir avant de rien décider fur le fond; cependant ils n'y ont point ftatué; ainfi contravention for-melle à la Loi. L'inftance avoit commencé à l'extraordinaire, & quoiqu'elle eût été civilifée, il n'étoit pas moins intervenu depuis un incident de faux qui a été joint au principal, & qui mettoit les Commiffaires hors d'état de juger au nombre de trois, attendu que fi les Lettres Patentes leur en donnoient la li-berté en matiere civile, elles vouloient qu'en matiere criminelle ils fuffent autant de Juges qu'en requiert l'Ordonnance; ils devoient donc neceffaire-ment être fept pour juger le faux en dernier reffórt; par confequent contra-vention à l'article 11. du titre 25. de l'Ordonnance de 1670. L'on ne fçau-roit dire que le faux n'intereffoit point les Adjudicataires, fous pretexte que le Sieur Grinfard étoit feul Demandeur en infcription, puifque 1°. ce faux dirigé contre le Procès verbal du 15 Novembre 1738. attaquoit directement toutes les operations qu'il contient, & qu'il ne pouvoit être faux à l'égard du Sr Grinfard, qu'il ne le fût à l'égard des Supplians, par la raifon que le Sr Grinfard ne le prétendoit faux, que parce qu'il étoit contraire à fon recolle-ment de la quatriéme coupe, & ce recollement operoit la décharge des Sup-plians, s'il eft vrai, comme il doit l'être, & que le Procès verbal du 15 No-vembre 1738. foit faux. 2°. Ce Procès verbal n'eft qu'un feul Acte, tant à l'égard du Sieur Grinfard que des Supplians; il ne pouvoit être vrai pour ceux-ci, s'il étoit faux pour l'autre. 3°. Les Supplians avoient adopté tous les moyens du Sieur Grinfard par leur Requête du 10 Octobre 1740. enforte que ces moyens de faux pour avoir été joints au principal, ne formoient pas moins une inftance extraordinaire; il falloit donc la juger au nombre de fept Gradués requis par l'Ordonnance, faute de quoi un Jugement rendu en pa-reille matiere par trois Juges feulement, contient une contravention formelle à l'Ordonnance, & même aux Lettres Patentes d'établiffement de la Com-miffion, qui exigeoient pofitivement que les Commiffaires jugeaffent en matiere criminelle avec le nombre de Gradués requis par l'Ordonnance, ce qui le rend nul & fufceptible de caffation. Le Jugement renferme une autre contravention tirée des differentes difpofitions de l'Ordonnance du mois de Juillet 1737. concernant le faux, principal & incident, dont au-cune des formalités qu'elle exige n'a été obfervée, ni par le Procureur Ge-neral contre qui l'infcription de faux étoit formée, ni par les Juges qui avoient à l'inftruiré ; ils fe contenteront d'obferver que la piece infcrite de faux n'a point été dépofée au Greffe , que le Procureur General n'a pas jugé à propos de declarer s'il entendoit s'en fervir ou non , & que fans aucune autre formalité que celle de joindre les moyens de faux au principal, les Juges , *portés à plaire au Sieur Evêque de Metz, & à remplir fon projet* , ont eu une attention finguliere à rejetter les moyens de faux , pour affeoir leur Jugement fur le Procès verbal le plus injufte & le plus abfurde qu'un Juge puiffe rédiger , comme les Supplians l'ont démontré , & d'ailleurs redigé par un Juge valablement recufé comme débiteur de l'un des Supplians , & comme défrayé & falarié par le Sieur Evêque de Metz, ainfi qu'il a été prouvé au Procès ; au fond les Supplians font condamnés en 8125o livres d'amende , & pareille fomme de reftitution pour 1625 arbres anciens & modernes, à raifon de 5o livres chacun que les Commiffaires declarent avoir jugé manquans dans les troifiéme, quatriéme & fixiéme coupes de l'ordinaire , & du quart de referve ; il eft de principe en matiere d'Eaux & Forêts , qu'on ne punit aucuns délits qu'autant qu'ils font conftatés par des rapports ou des Procès verbaux de recollement ; ils font l'ame des procedures ; fans eux, punir un délit , c'eft fuppofer contre toute évidence qu'il y en ait un; c'eft juger contre l'Ordonnance de 1669. qui veut expreffément que les rapports & les recollemens foient faits dans un certain tems ; elle exige qu'un rapport foit affirmé ; juger & condamner celui qui eft rapporté fans que le rapport foit affirmé , c'eft une contravention à l'Ordonnance ; elle ordonne un recollement après les coupes, qu'il foit fait par un Juge à la requête du Procureur du Roy ; ce recollement doit contenir l'état de la coupe , & le nombre des arbres de referve qui manquent , fans cela le recollement eft imparfait, & contraire à l'Ordonnance ; condamner un Adjudicataire à une amende pour un nombre d'arbres qui n'eft pas conftaté au recollement, c'eft formellement juger contre l'Ordonnance ; c'eft néanmoins ce que les Commiffaires de la Reformation ont évidemment fait , il eft aifé de le démontrer: la troifiéme coupe a été recollée par le Sieur Maugienne , Lieutenant de la Maîtrife de Metz; la quatriéme par le Sieur Grinfard, Maître Particulier ; la fixiéme par les Sieurs Menin & Guerrier ; le quart de referve en partie par le Sr Mangienne qui a auffi recollé le Bois du Breuil , & en partie par le Sr Grinfard ; aucun de ces recollemens ne fait mention d'un manque d'arbres au nombre de 1625 : or fi c'eft fur ces recollemens que le Jugement eft fondé , il eft abfolument dénué du fondement neceffaire pour le foutenir, & par confequent les Juges ont contrevenu à l'Ordonnance de 1669. l'on ne peut pas prefumer qu'ils ayent pris pour fondement les recollemens des Sieurs Menin , Guerrier & Maifoncelle ; celui-ci même ne s'eft pas autrement arrêté au recollement des Sieurs Menin & Guerrier ; il n'a pris pour étayer fes conclufions, que celui qu'il a fait avec le Sieur Guerrier, fuivant lequel cependant par un défaut d'intelligence de la matiere , & de connoiffance de l'âge des arbres qui devoient être refervés , il manquoit, felon leurs lumieres , 2216 anciens, & 144o modernes, faifant enfemble 366o arbres , & le Sieur Maifoncelle prétendoit encore qu'il manquoit 8o arbres de lifiere. Il eft évident que ce n'eft pas fur ce recollement que les Juges ont decidé , puifqu'ils n'ont condamné les Supplians que pour le prétendu manquement de 1625 arbres anciens & modernes, fans quoi il s'enfuivroit qu'ils auroient retranché 2035 arbres fur ce prétendu manquement d'anciens & modernes , indépendammenr des 8o arbres de lifiere. Ce n'eft pas une grace qu'ils ayent voulu faire aux Sup-

plians; ils n'ont pas penſé à leur faire une remiſe; ils ne le pouvoient ſur le nombre des arbres, & ne l'auroient pû que ſur l'amende, en la moderant à quelque choſe de moins que ce que porte l'Ordonnance; mais ils ont rendu compte de leur Jugement, en diſant qu'ils avoient jugé qu'il manquoit ſeulement 1625 arbres, tant anciens que modernes. Ainſi ſans parler de l'injuſtice de cette eſtimation arbitraire & capricieuſe, comment ont-ils pû juger réellement qu'il manquoit 1625 anciens & modernes? ce qui ſeroit ſans doute un délit; mais pour le punir, aux termes de l'Ordonnance, il falloit qu'il fût conſtaté par un Acte de rapport, ou un Procès verbal de recollement bien en regle; faute de quoi il ne pourroit y avoir preuve de manquement d'arbres. C'eſt donc avoir contrevenu à l'Ordonnance, que d'avoir ſuppoſé qu'il y avoit 1625 anciens & modernes moins qu'il n'en falloit pour la reſerve; la preuve que les Juges n'ont conſulté aucun recollement, c'eſt que par ceux des Sieurs Mangienne & Grinſard on ne ſçauroit trouver, à beaucoup près, cette quantité de 1625, & que par ceux des Sieurs Menin & Guerrier, elle ne s'y trouve pas non plus, tandis que par ceux des Sieurs Guerrier & Maiſoncelle, il paroît qu'ils avoient priſé qu'il en manquoit 3660; il eſt donc manifeſte qu'ils ont contrevenu à l'Ordonnance de 1669. & pour s'en excuſer, ou donner quelque couleur à leur Jugement, ils ne ſçauroient alleguer qu'ils ayent ſuivi le dernier recollement des Sieurs Guerrier & Maiſoncelle, & que ſur le manquement d'arbres qui y eſt obſervé, ils ont fait deduction des arbres coupés pour les paliſſades dans la Guerre de 1733. & ceux qui avoient été abbatus par les vents, ſuivant le rapport du Sieur d'Iſſoncourt, Gruyer de Remilly; leur motif n'en ſeroit pas plus legitime ni admiſſible, puiſqu'en effet les arbres deſtinés aux paliſſades ne revenoient qu'à 995, & ceux énoncés dans le Procès verbal du Gruyer de Remilly qu'à 898, ce qui fait en tout pour ces deux objets la quantité de mille huit cens quatre-vingt-treize arbres; de façon qu'en les joignant aux 1625 que les Juges ont déclaré avoir jugé manquans, ils ne produiroient qu'un nombre de 3518, au lieu que le recollement des ſieurs Guerrier & Maiſoncelle en énonce 3660, c'eſt-à-dire qu'il en manque encore 142 pour remplir cette quantité; aucun des recollemens n'a donc ſervi à former l'opinion des Juges, & s'il étoit vrai qu'ils en euſſent conſulté quelqu'autres que celui des Sⁱˢ Guerrier & Maiſoncelle, ils auroient en ce cas reconnu que ce recollement ne meritoit pas la moindre foi; pourquoi donc alors ont-ils rejetté les moyens de faux, puiſque ſi par leurs propres lumieres ils ont reconnu qu'il l'étoit, il ne pouvoient le laiſſer ſubſiſter. Mais ſi c'eſt au contraire le ſeul qu'ils ayent pris pour regle de leur déciſion, pourquoi en ont-ils retranché une partie en déclarant qu'ils ont jugé qu'il ne manquoit que 1625 arbres anciens & modernes, ſi ce n'eſt qu'ils ont jugé que le recollement n'étoit pas fidele ni exact, & dans ce dernier cas comment ont-ils pû encore rejetter les moyens de faux? Se ſeroient-ils peut-être reglez ſur les déclarations des Supplians qu'il manquoit en effet des anciens & des modernes? mais ces mêmes déclarations juſtifient qu'ils ont ſoutenu avoir par tout reſpecté la reſerve, c'eſt-à-dire les arbres marquez, & tous les procès verbaux prouvent qu'ils en ont laiſſé un bien plus grand nombre non marquez; ils ont fait plus, ils ont demandé la reconnoiſſance de toutes leurs coupes dans le deſſein de montrer au doigt & à l'œil que le recollement des ſieurs Guerrier & Maiſoncelle n'étoit pas fidele. Les Juges Reformateurs l'ont au moins penſé, en ce qui concerne les arbres de liziere, ayant décidé qu'il
n'en

n'en manquoit point, quoique les fieurs Guerrier & Maifoncelle euffent dit dans leur procès verbal qu'il en manquoit 80; cette obfervation eft indif-penfable pour montrer qu'il eft vrai que les Juges n'ont fuivi aucun recolle-ment, qu'ils ont confequemment contrevenu évidemment à l'Ordonnance, ayant jugé fans un raport ou un procès verbal de recollement, fans lefquels en cette matiere on ne peut fuivant l'Ordonnance affeoir une condamnation valable. Ils y ont encore contrevenu en ce qu'ils ont fuppofé qu'il manquoit des arbres dans les trois coupes, dont les Supplians avoient obtenu leur Congé de Cour qu'ils ne purent à la verité produire, parce que les Com-miffaires de la Reformation s'étoient emparé de tous les papiers du Greffe de la Gruerie de Remilly; mais les Supplians n'ont pas moins prouvé qu'il leur avoit été donné en produifant la quittance du Greffier qui en avoit reçû les frais; & il eft de principe que quand un adjudicataire a une fois obtenu fon Congé de Cour, il ne peut plus être recherché ni inquieté pour raifon de fa vente qui n'eft plus en fa garde. Les Supplians ne fçauroient fe plaindre de de ce que les Officiers de la Maîtrife de Metz font renvoyez; mais il naît de ce renvoi une contradiction fi fenfible dans le Jugement, qu'elle opere un autre moyen de caffation auquel on ne peut fe refufer. Il refulte de ce que le Procureur General de la Reformation avoit conclu contre ces Offi-ciers pour avoir fait des mauvais ballivages, tant dans les coupes de l'ordi-naire que dans le quart de referve pour avoir démarqué des arbres & pour en avoir fuppofé dans leurs recollemens, qui n'y étoient pas en effet; or fi au-cune de ces accufations ou motifs de conclufions n'étoit fondée, puifque ces Officiers font renvoyez, la confequence neceffaire qui s'enfuit, eft que les ballivages étoient bons, ou au moins que n'ayant pû fervir de prétexte à une condamnation contr'eux, les Juges n'ont pû ni dû confulter contre les Sup-plians, que ces mêmes ballivages; & quoique le Jugement porte une in-jonction à ces Officiers de fe conformer à l'avenir plus exactement à l'Or-donnance, cette injonction n'a pû fervir de motif à la condamnation des Supplians dont l'unique regle de leur coupe étoit le ballivage, & qui n'ont été obligez de laiffer que les arbres qui y avoient été marquez; il en eft de même des arbres démarquez, s'ils n'ont pas formé un délit pour le Garde-Marteau, la coupe qui en a été faite n'en eft pas un pour les adjudicataires, ces arbres ayant ceffé dès lors d'être dans la referve; enfin s'il eft jugé que les Officiers ne font pas coupables, parce qu'ils n'ont pas fait un faux recolle-ment, c'étoit ce même recollement qu'il falloit confulter à l'égard des Sup-plians, & en ce cas il ne fe trouve plus la quantité de 1625 arbres anciens & modernes de moins dans la referve; il y a donc une contradiction évidente dans la difpofition du Jugement qui condamne les Supplians & renvoye les Officiers de la Maîtrife; fi ceux-ci ne font pas coupables, les adjudicataires ne peuvent l'être, il falloit au moins éclaircir la verité; les Supplians recla-moient les recollemens des Officiers de la Maîtrife, & demandoient que leurs coupes fuffent vifitées; non-feulement on ne leur accorde point une vifite contradictoire, mais les Juges fans fe rendre dans la Forêt, & après un examen fuperficiel du procès, fe font déterminés à penfer qu'il manque 1625 anciens & modernes, parce qu'ils ont jugé qu'il en devoit manquer ce nombre, fans avoir pris la peine de diftinguer combien d'anciens & com-bien de modernes. Tels font à l'égard de la forme les moyens de caffation qui s'élevent contre le Jugement des fieurs Commiffaires de la Reformation des bois de l'Evêché de Metz du 12 Octobre 1740. il contient des contradictions & des contraventions aux Ordonnances si sensibles & si évidentes, qu'il ne peut subsister à tous égards; mais les condamnations qu'il prononce sont évidemment injustes, & d'une espece à former en elles-mêmes un moyen invincible contre ce Jugement; il ne faut pour en être convaincu, que jetter les yeux sur la Requête des Supplians & sur celle des autres Parties, ausquelles pendant l'espace de plus d'un an qui s'est écoulé entre leur signification & le Jugement, le sieur de Maisoncelle Procureur General de ladite Reformation, n'a osé rien repliquer, tant il étoit frapé de la solidité de la défense des Supplians, & des differentes Parties qui se soutenoient mutuellement par la force de leurs moyens, tirez des pieces produites au procès, & que le sieur de Maisoncelle avoit sous les yeux; mais il falloit *plaire au sieur Evêque de Metz, & remplir son projet*, tous les Officiers qui devoient travailler à la Reformation y étoient *portez*; c'est son Grand Vicaire, son plus intime confident qui en rend témoignage par la lettre que les Supplians representent; il ne faut donc pas s'étonner de l'injustice de la premiere condamnation prononcée contre les Supplians pour le prétendu manquement de 1625 arbres qui n'est constaté par aucun acte. Les Supplians vont faire voir que les autres dispositions sont aussi injustes. Par la seconde disposition du Jugement ils sont condamnez en 2000 liv. de dommages-interêts pour défaut de ravalement des anciens étocs, abroutissemens & autres abus. Il est totalement impossible qu'un adjudicataire ne tombe dans quelque faute dans une grande exploitation; en ce cas quel est le Juge qui puisse condamner sans entrer en connoissance de cause? le procès verbal des sieurs Guerrier & Maisoncelle attaqué de faux, fait à la verité mention du défaut de ravalement des anciennes souches, mais il porte en même-tems que la plus grande partie étoit en pourriture à cause de leur ancienneté; celles-là ne pouvoient incontestablement être ravalées; quelles sont donc les autres? Le procès verbal n'en dit rien, sur quoi la condamnation a-t-elle donc pû être assise? L'Ordonnance n'exige la coupe des arbres que le plus près de terre que faire se peut; il étoit donc indispensable aux termes de l'Ordonnance de specifier dans le recolement la possibilité des ravalemens manquez; les Supplians ont démontré à cet égard page 23 de l'imprimé de leur Requête l'illusion des conclusions du sieur de Maisoncelle, qui prouve celle de la condamnation, dont l'excès seroit toujours constant quand elle auroit eu un objet certain; au reste si le Jugement ne se peut soutenir dans une partie, il ne sçauroit subsister dans les autres; la cassation est inevitable & établie sur la premiere disposition, elle l'est encore par raport à la troisiéme par laquelle les bois gisans dans toutes les coupes, saisis par exploit du 2 Août 1736. ainsi que tous les taillis qui sont à exploiter dans le quart de reserve, sont déclarez acquis & confisquez au profit de qui il appartiendra, sans s'arrêter aux prorogations obtenues par les Supplians, ni aux Jugemens rendus au Souverain de la Table de Marbre de Metz les 23 Janvier, 2 & 26 Mars 1736. C'est ici l'unique point de condamnation que le sieur Evêque de Metz a eu en vûe; quelque certitude qu'il ait que les Supplians ont payé le prix entier de leurs adjudications, il veut leur enlever le prix des bois qu'ils ont fait façonner, & qu'il a fait vendre, & les priver de l'exploitation de près de 400 arpens qui restent à couper; pour y parvenir, les Juges *portez à lui plaire & à remplir son projet*, ont méprisé les prorogations du Grand Maître consenties par le feu sieur Duc de Coislin Evêque de Metz, & trois Arrêts ou Jugemens Souverains de la Table de Marbre de Metz; ces Juges l'ont-ils pû, & en le faisant n'ont-ils pas excedé leur pouvoir? Etablis par les Lettres Patentes de 1736. posterieures aux prorogations & à ces Arrêts, ils ont été bornez à l'instruction & au Jugement des abus, délits, usurpations, dégradations & malversations commis, soit par les Officiers, Gardes, Adjudicataires, Riverains & autres, & pour l'effet de ladite Reformation il leur est attribué tout pouvoir, Jurisdiction & connoissance qui est interdite à toute Cour & autres Juges, même au Parlement & à la Table de Marbre de Metz; tel est le pouvoir donné par les Lettres Patentes du 17 Avril 1736. il ne va pas à reformer ce qui avoit été précedemment fait par une autorité legitime en parfaite connoissance de cause, les prorogations que l'Ordonnance de 1669. reserve au Conseil, ne concernent que celles qui ont raport aux bois de Sa Majesté; ce principe est établi dans la Requête imprimée du Suppliant sur la cinquiéme proposition pages 54 & suivantes, dont les moyens subsistent dans toute leur force, n'ayant pû être combattues. Ainsi les Supplians se contenteront d'observer que les Officiers de la Reformation pour avoir reçu le pouvoir de punir les délits, abus, malversations & dégradations, n'ont pû être Juges de ce qui avoit été fait par le Grand Maître, par consequent avoir reformé ces Ordonnances qui avoient des fondemens legitimes; c'est avoir entrepris sur les fonctions de ce Magistrat, & excedé leur pouvoir, ce qui est un fait du Juge qui opere un moyen de cassation insurmontable. Ils l'ont doublement excedé, & commis une autre contravention en donnant atteinte à des Arrêts ou Jugemens en dernier ressort, qui n'étoient pas même attaquez par les voyes de droit, & qui ne pouvoient l'être; ils avoient été rendus par des Juges competens avant l'établissement de la Reformation, ils le précedent de près de quatre mois. Il est vrai que par les Lettres Patentes toute Jurisdiction est ôtée au Parlement & à la Table de Marbre de Metz sur les abus, délits & dégradations de la Forêt de Remilly, mais ce qui y avoit été précedemment ordonné, n'a point été revoqué par les Lettres Patentes; les Arrêts avoient jugé la validité des prorogations, les Officiers de la Reformation ayant jugé le contraire en prononçant la confiscation, ils ont donné atteinte à ces Arrêts, & les ont aneanti sans qu'ils eussent été attaquez par les voyes de droit; l'Ordonnance de 1667. au titre 35. des Requêtes civiles, article premier & 2. n'admet pour se pourvoir contre les Arrêts ou Jugemens en dernier ressort que la voye de la Requête civile, ou l'opposition dans les cas y exprimez; les Reglemens du Conseil admettent aussi la voye de cassation: le sieur de Maisoncelle Procureur General de la Reformation, n'a mis en usage aucune de ces voyes, il s'est contenté de conclure, à ce que sans s'arrêter à ces Arrêts, ses conclusions lui fussent adjugées, & c'est ainsi que les Reformateurs ont prononcé; ils ont donc pensé que des Jugemens Souverains ne pouvoient pas être une barriere pour eux, & que ce qui auroit été respecté dans tous les Tribunaux, ne devoit pas les arrêter; il n'y eut jamais un moyen de cassation plus formel, & d'autant plus que la Reformation en détruisant des Arrêts contradictoires, a attenté à l'autorité du Conseil, qui seul a droit de les aneantir. En vain diroit-on que ces Arrêts ou Jugemens en dernier ressort n'ont été rendus qu'avec le sieur Evêque de Metz, & qu'il n'a pas conclu dans la Reformation. Cette objection seroit susceptible de plusieurs réponses. 1°. Il est prouvé que le produit de la Reformation est au profit du sieur Evêque de Metz, les restitutions sont prononcées au profit du domaine de l'Evêché. 2°. C'est lui qui en a sollicité l'établissement, qui en a fait les frais, il a nourri & salarié les Reformateurs. 3°. Le

Jugement prononce la confiscation au profit de qui il appartiendra, & de cette disposition il suit évidemment, que ce que les Reformateurs n'ont osé dire, ne peut s'entendre que de l'Evêque, aux termes de l'Ordonnance de 1669. les bois qui ne sont pas vuidez dans le tems prescrit, doivent être confisquez au profit de Sa Majesté, parce que cette Ordonnance en matiere de prorogation ne s'explique que sur les bois de Sa Majesté; ici les Juges en laissant incertaine l'application de la confiscation, ont perdu de vûe l'Ordonnance, ou ils ont crû qu'elle ne pouvoit dans ce cas être entendue au profit de Sa Majesté ou du sieur Evêque : les Juges n'ont eu garde de l'adjuger à Sa Majesté, ce n'étoit pas là l'objet, & ils n'ont pas osé nommer l'Evêque; d'où peut venir cette imperfection dans le Jugement, si ce n'est que les Reformateurs sçavoient bien qu'elle ne pouvoit appartenir à Sa Majesté, & qu'il n'étoit pas possible de l'adjuger au sieur Evêque de Metz à cause des Arrêts obtenus contre lui à la Table de Marbre? ils forment en effet un titre inexpugnable en faveur des Supplians, les Reformateurs l'ont encore même préjugé, & en cela ils sont encore tombez dans une contradiction manifeste envers eux-mêmes. Ces Arrêts sont main-levée des saisies interposées à la diligence du Substitut de la Gruerie de Remilly, & les Juges ont respecté la disposition de ces Arrêts en ce point, en ce qu'ils n'ont confisqué que les bois saisis le 2 Août 1736. en vertu de l'Ordonnance de la Reformation six mois après les Arrêts rendus; les bois saisis, & dont les Arrêts des Juges en dernier ressort ont donné main-levée, étoient de ceux sur lesquels les prorogations avoient été accordées. Ainsi le Jugement de la Reformation ne confisquant point ces bois, il est clair que les Arrêts doivent être executez en cette partie, & que les Reformateurs ont décidé que les Arrêts pouvoient & ne pouvoient pas subsister. Cependant ces mêmes bois saisis avant les Arrêts ont été confondus avec ceux saisis le 2 Août 1736. & ils ont été confusement vendus, même avant que la confiscation en eût été prononcée; car il faut écarter de l'idée que les bois que le Jugement dit gisants dans les trois, quatre & sixiéme coupes, & dans le quart de reserve, fussent encore sur place le 12 Octobre 1740. jour de sa date; les Officiers du sieur Evêque de Metz, ou ceux de la Reformation les avoient faits vendre dès le commencement de 1737. la preuve en est raportée; c'est donc plûtôt le prix de ces bois qui est déclaré confisqué, que les bois mêmes, & ce prix monte à près de 3000 liv. suivant le Jugement, il faudroit distraire les bois dont la main-levée a été accordée par les Arrêts; mais on sent bien que les Reformateurs se sont menagé la ressource de dire qu'ils avoient pareillement été compris dans la saisie du 2 Août 1736. en le supposant avec eux, ils ne se mettent point à l'abri de la contradiction dans laquelle ils sont tombez, ils prouvent seulement un peu plus leur injustice; l'on voit par la redaction de leur Jugement qu'ils n'ont prononcé sans s'arrêter aux Arrêts, qu'en ce qu'ils ont senti qu'ils ne pouvoient donner d'atteinte aux prorogations accordées ou confirmées par ces Arrêts; il est donc toujours vrai de dire qu'il y a une contradiction dans leur Jugement qui le rend insoutenable en cette disposition, comme dans toutes les autres; il faudroit raporter ici toutes les pieces & toute l'instruction de cette affaire, s'il s'agissoit de mettre au jour toute l'injustice & toutes les contraventions aux Ordonnances, & contrarietez que ce Jugement renferme; mais il suffira de joindre ces pieces & instructions à la presente Requête, après avoir prouvé que ce Jugement est insoutenable, & qu'il doit être cassé & annullé. 1°. En ce qu'il est rendu par trois Juges sur une matiere d'inscription de faux, quoique

que

que les Lettres Patentes de 1736. portant établiffement de la Commiffion, exigeaffent que les Juges appellaffent en pareil cas le nombre de Graduez requis par l'Ordonnance Criminelle de 1670. 2°. Qu'aucune des formalitez preferites par l'Ordonnance de 1737. concernant le faux principal & incidens, n'a été obfervée. 3°. Que toute l'inftruction a été faite par le Sr Guerrier Commiffaire, & par le fieur de Maifoncelle Procureur General, doublement recufables & recufez par les Parties. 4°. En ce qu'il eft prouvé que tous les Juges qui ont été employez à cette Reformation, étoient nourris & falariez par le fieur Evêque de Metz, & confequemment ils étoient obligez de s'abftenir, aux termes de l'Ordonnance de 1667. 5°. Que toutes les condamnations qui ont été prononcées contre les Supplians ne font fondées fur aucunes preuves de délit, n'y ayant ni raports ni recollemens qui énoncent ceux pour lefquels ils font condamnez, ce qui eft directement contraire à l'Ordonnance des Eaux & Forêts de 1669. 6°. Qu'il contient des contradictions manifeftes par le renvoi des Officiers de la Maîtrife de Metz, & la condamnation des Supplians, pour raifon des mêmes faits, & encore par la rejection des moyens de faux, tandis que le recolement de 1738. eft jugé faux, puifqu'il énonce un manque de 3660 arbres, & que les Supplians ne font condamnez que pour 1625. que l'on a jugé manquer. 7°. Qu'il a déclaré confifquez les bois prétendus giffans vendus trois ans auparavant, & ceux reftans à exploiter au préjudice des prorogations valablement obtenues par les Supplians, & confirmées avec le fieur Evêque de Metz par des Arrêts & Jugemens en dernier reffort qui fe trouvent aneantis fans avoir été attaquez par aucune voye de droit, en quoi les Reformateurs ont excedé leur pouvoir, & contrevenu à l'Ordonnance de 1667. qui veut que les Arrêts & Jugemens en dernier Reffort ne puiffent être revoquez que par la voye de Requête civile ou d'oppofition dans les cas y exprimez. 8°. Enfin que ce Jugement contient les contradictions & une injuftice les plus évidentes dans toutes fes difpofitions; & pour appuyer le contenu en la prefente Requête, les Supplians produiront & joindront les pieces juftificatives.

A CES CAUSES requeroient les Supplians qu'il plût à SA MAJESTE', fans s'arrêter, ni avoir égard au Jugement rendu par les fieurs Commiffaires députez par Lettres Patentes du 17 Avril 1736. pour la reformation des bois de l'Evêché de Metz, qui fera caffé & annullé, & tout ce qui peut s'en être enfuivi, ordonner que l'Arrêt du Confeil du 24 Août 1728. les ventes & adjudications faites en confequence aux Supplians des trois, quatre & fixiéme coupes de l'ordinaire, & du quart de referve des bois dépendans dudit Evêché les 16 Juin, 16 Août, 13 Septembre 1729. 9 Août 1730. & 24 Juillet 1732. enfemble les Ordonnances du fieur Collart, ci-devant Grand Maître des Eaux & Forêts du Département de Metz des 27 Juin 1731. & 24 Septembre 1732. & les Arrêts ou Jugemens en dernier reffort rendus au Siege de la Table de Marbre de Metz les 23 Janvier, 13 & 18 Mars 1736. confirmatifs defdites Ordonnances, portant prorogation de vuidange defdites coupes, du confentement du feu fieur Duc de Coiflin Evêque de Metz, & les recolemens faits de partie defdites coupes & congez de Cour donnez aux Supplians, feront executez felon leur forme & teneur; en confequence, fans avoir égard à la faifie faite le 2 Août 1736. à la requête du fieur de Maifoncelle ci-devant Procureur General de ladite Reformation,

E

.tant des bois exploitez que de ceux qui reftoient à exploiter, qui fera pareillement caffée & annullée, & tout ce qui s'en eft enfuivi, comme attentatoire aux Ordonnances dudit fieur Grand Maître, & aux Arrêts & Jugemens qui les confirment, & dont main-levée pure & fimple fera faite aux Supplians, condamner folidairement le fieur de Saint Simon Evêque de Metz avec ledit fieur de Maifoncelle à payer aux Supplians le prix des bois façonnez vendus à fa requête, felon la quantité contenue aux Regiftres des Facteurs des Supplians fur le pied de la valeur de ceux qui ont été vendus par les mêmes Commis avant lefdites faifies, à quoi faire feront ledit fieur Evêque de Metz & ledit Sr de Maifoncelle folidairement contraints par toutes voyes dûes & raifonnables, & aux dommages-interêts des Supplians à donner par déclaration, fi mieux n'aime Sa Majefté les liquider à la fomme de 100000 liv. à laquelle les Supplians veulent bien fe reftraindre par moderation, non-obftant les pertes immenfes, dommages, interêts, dépens & vexations qu'ils ont effuyez depuis plufieurs années; au furplus décharger les Supplians de la coupe & vuidange des bois par eux exploitez, & qui ne font plus reftez à leur garde depuis l'établiffement de ladite Reformation, & leur accorder une prorogation de délai de trois années, à compter du jour de l'Arrêt qui interviendra fur la prefente Requête pour la coupe & vuidange de ce qui refte à exploiter du quart de referve de la Forêt de Remilly à eux adjugé, aux offres de fe conformer au cahier des charges, & fauf le recolement en la maniere ordinaire, & condamner ledit fieur Evêque de Metz & ledit fieur de Maifoncelle auffi folidairement aux dépens. Vû ladite Requête, *Signée*, PUY DE ROSNY, ancien, ROUSSEL, ancien, & CHARLET, Avocat des Supplians.

Monfieur MOREAU DE BEAUMONT, Rapporteur.

A Metz ce dix-fept Juin mil fept cens trente-fix. Vous devez avoir appris, Monfieur, ou par Monfieur de Metz, ou par la Gazette publique, que M. Menin Confeiller au Parlement de Metz, eft nommé par Arrêt du Confeil, confirmé par Lettres Patentes, pour travailler à la reformation des bois de l'Evêché. Quoique l'Arrêt & les Lettres Patentes foient expediez fur la connoiffance generale que le Roy eft cenfé avoir des délits, abus & dégradations commifes dans les Forêts du domaine de l'Evêché, *& qu'il paroiffe qu'en cela le Roy agit de fon propre mouvement, vous devez cependant bien fentir que cette operation a été requife par Monfieur de Metz, & que les Officiers qui doivent y travailler font tous portez à lui plaire, & à remplir fon projet.* M. Menin eft à la tête de la Commiffion, les Patentes lui font adreffées perfonnellement, & l'étendue du pouvoir qui lui eft confié, doit donner une idée bien exacte de celle que la Cour a formée fur fon compte; il eft d'ailleurs ami particulier de M. de Metz; j'entre dans ce détail avec vous pour vous engager à lui rendre tout ce qui lui eft dû en particulier par raport à ce qu'il eft, & ce qu'il merite, & en confideration des fentimens de Monfieur de Metz pour lui; vous avez trop d'efprit pour ne pas fentir que ces titres meritent de votre part toute forte d'attentions, de déferences, & de preuves de refpect, auffi ne vous écris-je que pour vous inftruire de ce qu'eft M. Menin, bien perſuadé, que dès que vous en ſerez informé, vous vous porterez vous-même à lui *ceder l'appartement le plus commode du Château de Vic*, & à lui pro-curer *toutes les aiſances auſquelles il doit s'attendre dans un lieu où M. de Metz eſt maître*; il faut cependant que *tout cela ſe faſſe avec eſprit & avec adreſſe*, *parce que le Parlement d'ici outré de ſe voir dépouillé de la connoiſſance des conteſta-tions au ſujet des droits d'uſage prétendus dans les Forêts de l'Evêché*, ſera extré-mement attentif à relever tout ce qui dénoteroit d'une façon trop marquée *le concert qui regne* entre M. de Metz & M. Menin. Les *particuliers qui ont interêt dans l'objet de la Reformation auront* *les mêmes vûes*; il faut donc éviter *des communications trop marquées avec M. Menin, j'entends par là, qu'il faut éviter de manger avec lui & ſes autres Officiers, garder une reſerve extrême ſur leur operation*, n'en jamais parler dans les compagnies, ni même à gens dont vous ne ſerez pas abſolument ſûr, s'en tenir uniquement à lui fournir tous les éclair-ciſſemens neceſſaires par titres, plants figuratifs, dénombrement des uſages, état de ceux qui ont déja formé des demandes, &c. en un mot l'aſſiſter dans tout ce qui pourra lui faciliter *ſa beſogne, & ſur le reſte être d'une diſcretion infinie*; M. *de Metz doit vous avoir donné cette inſtruction, je la repete inutilement* ſans doute, mais dans le cas où il n'auroit dit mot, je compte que vous voudrez bien vous en raporter à ce que je vous marque en *conſequence de ce qu'il m'a mandé lui-même*. M. Menin s'eſt aſſuré du *côté de la Cour la liberté* de loger au Château, ſans qu'on puiſſe le chicanner ſur cela, il compte y manger, & s'y faire ſervir par un Traiteur; vous devez être attentif à lui procurer du gibier des Terres de Monſeigneur. Sa Commiſſion le met en droit d'ordon-ner aux Gardes, & l'intention de M. de Metz eſt de prevenir ſur cela ſes ordres; je compte *en tout cela ſur votre dexterité ordinaire, intelligenti pauca;* ainſi je finis en vous renouvellant l'aſſurance des ſentimens avec leſquels je ſuis, Monſieur, bien ſincerement attaché, ſigné l'Abbé de la Richardie. La ſuperſcription de ladite Lettre eſt à Monſieur Monſieur l'Abbé Brouſt, Prieur de Falvy, Agent general de Monſeigneur l'Evêque de Metz à Vic, & au bas de ladite Lettre eſt écrit, controllé à Paris le quinze Decembre mil ſept cens quarante, reçû 12 ſols. *Signé*, BLONDELU.

Collationné par les Conſeillers du Roy Notaires à Paris ſouſſignez ſur l'original en papier de ladite Lettre repreſentée, ce fait à l'inſtant rendue ce jourd'hui dix-neuf Decembre mil ſept cens quarante. Signez, FORTIER, BALLOT.

Lettre de M. l'Evêque de Metz au Sieur Mathis, Curé de Saint Simplice de la Ville de Metz.

A Paris le 5 Juillet 1738.

JE vous remercie, Monſieur, de l'attention que vous avez eu de m'in-former du départ du Greffier de la Reformation, & de vous charger de ſes effets; je ſuis perſuadé qu'ils étoient en bonnes mains, il eſt parti pour Metz. Voici deux Recepiſſez que j'ai oublié de lui faire remettre. Suppoſez que le Procureur General de la Reformation aille loger chez vous, je vous prie de le recevoir, il n'eſt pas moins galant homme que M. Fleuriet; je compte que vous aurez attention de tenir un état du tems *que ces Meſſieurs mangeront chez vous , & de m'avertir quand vous aurez befoin d'argent*, auffi librement que j'en ufe avec vous.

Le congé d'un Grenadier en general eft très-difficile à obtenir, même avec de l'argent, & la chofe n'eft point faifable de l'avoir gratis; mandez-moi fi les parens feroient en état de fournir une fomme, alors j'agirai pour demander fon congé; vous connoiffez les fentimens avec lefquels je vous fuis, Monfieur, veritablement acquis, & vous aime de tout mon cœur.

Signé, S. Ev. de Metz.

De l'Imprimerie de la veuve d'ANDRE' KNAPEN, au bas du Pont S. Michel, du côté de la ruë S. André des Arts, au Bon Protecteur. 1741.

www.ingramcontent.com/pod-product-compliance
Lightning Source LLC
Chambersburg PA
CBHW061519170626
46811CB00004B/1768